LES

# JETONS DES DOYENS

DE

## L'ANCIENNE FACULTÉ DE MÉDECINE

DE PARIS

D'APRÈS LE MÉDAILLIER DE LA FACULTÉ

*Lecture faite à l'Académie de médecine, le 28 juin 1887*

PAR

## Le Dr A. CORLIEU

BIBLIOTHÉCAIRE-ADJOINT DE LA FACULTÉ DE MÉDECINE,
CHEVALIER DE LA LÉGION D'HONNEUR.

PARIS

LIBRAIRIE J.-B. BAILLIÈRE ET FILS.

19, RUE HAUTEFEUILLE, 19.

1887

IMPRIMERIE DE LA FACULTÉ DE MÉDECINE

# LES JETONS DES DOYENS

## DE L'ANCIENNE FACULTÉ DE MÉDECINE DE PARIS.

LES

# JETONS DES DOYENS

DE

## L'ANCIENNE FACULTÉ DE MÉDECINE

### DE PARIS

D'APRÈS LE MÉDAILLIER DE LA FACULTÉ

*Lecture faite à l'Académie de médecine, le 28 juin 1887*

PAR

## Le Dʳ A. CORLIEU

BIBLIOTHÉCAIRE-ADJOINT DE LA FACULTÉ DE MÉDECINE,
CHEVALIER DE LA LÉGION D'HONNEUR.

PARIS

LIBRAIRIE J.-B. BAILLIÈRE ET FILS,

19, RUE HAUTEFEUILLE, 19.

—

1887

# JETONS DES DOYENS



## l'Ancienne Faculté de médecine de Paris

### D'APRÈS LE MÉDAILLIER DE LA FACULTÉ

---

Dans l'ancienne Faculté de médecine, les doyens étaient nommés à l'élection tous les deux ans, dans la première assemblée de la Faculté qui se tenait le samedi après la Toussaint. Ils pouvaient être réélus pour deux autres années : un seul fut doyen pendant six ans, René Lethieullier (1768-1774).

Le doyen n'était pas professeur. Il était le chef de la Faculté et était chargé de tout ce qui concernait l'administration. Il remplissait en même temps les fonctions de secrétaire et rédigeait le compte rendu des actes de la Compagnie. Les archives de la Faculté de médecine possédaient ces registres ou Commentaires depuis 1395 jusqu'en 1786, formant 24 volumes in-folio. M. Chéreau, dont l'amour pour tout ce qui touchait à la Faculté était bien connu, a fait acheter à la vente de Chasles des feuillets manuscrits qui s'arrêtent au 28 juillet 1792 et qui forment le vingt-cinquième volume; de sorte que l'on possède l'histoire manuscrite de la Faculté de médecine de Paris depuis 1395 jusqu'en 1792. Il n'est pas dans l'univers une collection aussi riche, aussi ancienne, aussi précieuse, aussi complète que celle que possède la Faculté de médecine de Paris.

Mais à côté de l'histoire manuscrite, il y a une autre histoire, qu'on peut appeler l'histoire métallique. Celle-là est moins ancienne, moins complète ; mais elle n'est pas moins intéressante.

Dans toutes les réunions de la Faculté, aux messes, aux funérailles, il était alloué aux docteurs régents des jetons de présence, dont nous trouvons la première indication dans les Commentaires, à la date du 13 décembre 1398 (1).

A partir de 1638, il fut décidé que les jetons seraient frappés sur un module uniforme, et c'est Philippe Harduin de Saint-Jacques, doyen de 1636 à 1638, qui fit frapper le premier jeton (2).

La Bibliothèque nationale possède au département des médailles la collection presque complète de ces jetons.

Mais à côté de la collection de la Bibliothèque nationale, il en existe une autre, moins complète, il est vrai, mais qui a pour nous une double valeur, c'est qu'elle appartient à la Faculté de médecine de Paris. C'est cette collection que j'ai l'honneur d'exposer à l'Académie, grâce à la bienveillance de M. le doyen Brouardel.

La collection de la Faculté consiste en 108 jetons, classés chronologiquement dans quatre médailliers. Tous ces jetons

---

(1) *Commentaires*, T. I, p. 39, six dernières lignes.

(2) Les dépenses occasionnées par les jetons s'élevaient de 500 à 1,000 livres environ par an. A la Saint-Luc, on donnait un jeton à chaque docteur régent, 2 au doyen, 2 à l'ancien de la compagnie, 1 au curé, 1 à chaque appariteur ; de même pour les enterrements. Chaque jeton était compté pour 1 livre 15 sous. On en distribuait encore aux assemblées dites *Prima mensis*, aux examinateurs des mémoires. En 1792, la Faculté compta pour ses jetons 985 livres 5 sous. — *Voir* Corlieu, *L'ancienne Faculté de médecine de Paris.* Paris, 1877, in-8°, p. 239).

sont en bronze ou en cuivre : cinq ou six sont en métal blanc, sans doute en argent. La Bibliothèque nationale en possède un en or, celui de Pourfour Du Petit, qui fut doyen de 1782 à 1784.

Le premier jeton de la collection de la Faculté est celui de Jean MERLET, qui fut doyen de 1644 à 1646. On en possède quatre jetons portant les n<sup>os</sup> 5, 6, 7, 8, au millésime de 1646. D'un côté sont les armes de la Faculté de médecine de Paris : « Trois cigognes portant dans leur bec le rameau d'origan et, en chef, le soleil dardant ses rayons, avec la devise : URBI ET ORBI SALUS ». On peut voir encore ces armes sur le seul monument qui reste de l'ancienne Faculté de médecine, l'amphithéâtre de la rue de la Bucherie, n° 13, appelé sans doute à disparaître bientôt.

Sur le revers du jeton de Jean Merlet sont ses armes « d'argent au chef cousu d'or chargé de trois coquilles de Saint-Jacques ».

Les jetons de Jacques PERREAU (1646-1648), de Simon PIÈTRE (1648-1650), manquent ; mais on possède un jeton de Guy PATIN, doyen de 1650 à 1652 (n° 10). Au lieu de faire graver ses armes, Guy Patin eut l'idée de faire graver son portrait et il fut imité en cela par beaucoup de ses successeurs. « Le sculpteur, tout habile qu'il est, dit Guy Patin, n'y a pas fort bien rencontré par la ressemblance, principalement à l'œil » (Lettre du 28 juin 1652). Évidemment, le graveur n'a pas été aussi habile que le peintre, si l'on compare le jeton avec le portrait que possède la Faculté de médecine.

Les jetons de Paul COURTOIS (1652-1654), de Jean De BOURGES (1654-1656), de Roland MERLET (1656-1658), de François BLONDEL (1658-1660), manquent à la collection de la Faculté ; mais on peut les voir à la Bibliothèque nationale. D'un côté sont les armes de la Faculté ; sur le revers sont les armes des doyens.

Philibert MORISSET, doyen de 1660 à 1662, a trois jetons sous les n°s 15, 16, 17. Au lieu de ses armes, le graveur a représenté un personnage allégorique, tenant à la main un caducée et marchant sur des ronces, avec cette devise : *In arduis prudentia.*

Antoine MORAND (1662-1664), a laissé deux jetons, (n°s 18, 19), au millésime 1664. Il est représenté de profil, en costume de docteur régent, avec la pélerine d'hermine.

Le jeton de François LEVIGNON, doyen de 1664 à 1666, manque. La collection de la Bibliothèque nationale en possède plusieurs exemplaires, avec son portrait et une figure emblématique : « une main sort des nues et étreint trois serpents, avec cette devise : *Contero monstra* ». Rappelons que c'est sous son décanat, le 10 avril 1666, que le Parlement rendit l'arrêt mémorable qui, après une proscription de cent ans (1566-1666), permit l'usage du vin émétique.

Sous le n° 21 est le jeton de Jean Armand DE MAUVILLAIN, doyen de 1666 à 1668. Il a fait remplacer les armes de la Faculté par son portrait. Sur le revers du jeton est un emblème : Ulysse avec une torche incandescente aveugle un cyclope renversé. Ulysse, c'était Mauvillain ou la Faculté ; le cyclope, c'était François Blondel, qui était borgne et qui protesta contre le vin émétique, lutta seul contre la Faculté, plaida, perdit son procès, fut condamné, refusa de payer et vit vendre ses meubles. (*Commentaires*, T. XV, p. 284, 285, 286).

Manquent les jetons de Jean GARBE (1668-1670, de Denys PUYLON (1670-1672), de J.-B. MOREAU (1672-1674).

Sous les n°s 25, 26, 27, 28, 29 sont les jetons des doyens Antoine Jean MORAND (1674-1676), Antoine LEMOINE (1676-1678), Claude QUARTIER (1678-1680), tous en effigie, tous en grand costume.

Depuis Claude Quartier, une nouvelle lacune existe dans les médailles de la Faculté. Neuf doyens n'ont pas de jetons. Ce sont :

| | |
|---|---|
| Nicolas LIÉNARD | 1680-1682 |
| Bertin DIEUXIVOYE | 1682-1684 |
| Claude PUYLON | 1684-1686 |
| Pierre PERREAU | 1686-1688 |
| Pierre LEGIER | 1688-1690 |
| Henri MAHIEU | 1690-1692 |
| Claude BERGER | 1692-1696 |
| Jean BOUDIN | 1696-1700 |
| Dominique DE FARCY, | 1700-1702 |

François VERNAGE, doyen de 1702 à 1704 a laissé trois jetons (n°⁵ 39, 40, 41). Un de ses prédécesseurs, Claude Berger, avait sur un de ses jetons fait représenter l'archiatre Fagon. Vernage suivit son exemple. En exergue on lit : *Scholæ tutela nostræ*, et sur le revers, *Guido, Cr. Fagon, Regi a. s.c. archiat. Comes*. Aux services déjà rendus par Fagon s'en joignait un autre : il venait d'obtenir l'exemption d'un nouvel impôt que l'on voulait mettre sur les étudiants, en outre de la capitation.

Nouvelle lacune depuis :

| | |
|---|---|
| Antoine de SAINT-YON | 1704-1706 |
| Louis POIRIER | 1706-1708 |
| François AFFORTY, | 1708-1710 |
| Philippe DOUTÉ | 1710-1712 |

Le médaillier contient six jetons (n°⁵ 47 à 52), de Philippe HECQUET, doyen de 1712 à 1714.

Le n° 47 le représente en robe. Sur le n° 49, on voit Esculape au seuil de son temple, vers lequel se glisse un serpent rampant au milieu des ronces et des rochers, avec cette devise : *Monstrat iter*. C'est la Prudence qui doit servir de guide à la Médecine.

Le n° 50 représente un homme nu, de constitution athlétique, le pied gauche sur une boule et tenant entre ses mains, une faux avec laquelle il a ouvert un coffre : autour on lit *Magis abdita solvo*. Cette devise faisait peut-être allusion à la nouvelle édition du Codex à laquelle Hecquet travailla.

Sous les n°⁵ 53, 54, 55 sont trois jetons de J. B. Doye, doyen de 1714 à 1716, qui assista à ce titre à l'autopsie de Louis XIV. Sur l'un est gravé son portrait ; sur l'autre une allégorie « Jupiter foudroyant les Titans », avec cette devise : *Clarus giganteo triumpho*. Jupiter, c'était la Faculté ; les Titans qui voulaient escalader le ciel, c'étaient les médecins provinciaux (1).

Amand Douté, doyen de 1716 à 1720 a laissé deux jetons (n°⁵ 56, 57), avec son effigie.

Erasme Emmerez, doyen de 1720 à 1722, a deux jetons (n°⁵ 59, 60), avec son effigie et une figure emblématique. Un génie tient une balance : dans l'un des plateaux est le nombre 16 ; dans l'autre, le nombre 38 : 16 l'emporte. Comme légende : *Pondere non numero. Servata statuta*. Ce jeton rappelle un fait important. Amand Douté avait été doyen pendant quatre ans, et à la réunion du 7 novembre 1720, 38 docteurs présents avaient demandé la continuation de son décanat pendant deux autres années. Des protestations s'en suivirent ; l'affaire fut portée au Parlement. Douté laissa l'intérim à François Afforty, *l'antiquior magister*, l'ancien de la compagnie. Le nombre de ceux qui avaient protesté était de 16. A l'élection du 13 février 1721, Erasme Emmerez fut nommé doyen. L'article 64 des statuts était sauvé, *servata statuta* (2).

Philippe Caron, doyen de 1722 à 1724 a trois jetons (n°⁵ 61, 62, 63) avec effigie.

---

(1) Corlieu, *ouv. cité*, p. 212.
(2) *Commentaires*, T. XVIII, folios 276 à 280.

Pas de jeton de Nicolas ANDRY, doyen de 1724 à 1726.

Un seul jeton d'Etienne François GEOFFROY, doyen de 1726 à 1730. Effigie.

Hyacinthe Théodore BARON, père, doyen de 1730 à 1734 a laissé quatre jetons (nos 66, 67, 68, 69). Le jeton 66 le représente de profil. Le jeton 67 rappelle un acte important de son décanat, les exercices anatomiques et les opérations chirurgicales enseignés aux bacheliers, avec cette légende : *Majorum sectantur vestigia. — Baccal. opera anatom. et chirurgica exercentur*, 1732 (1).

Sur un autre jeton Hippocrate montre la pharmacopée parisienne et on lit : *Pharmacopœa parisiensis.* 1731.

Ces jetons rappellent l'impulsion donnée par Baron aux études anatomiques et chirurgicales et à l'achèvement du Codex.

Michel Louis RENEAUME DE LA GARANNE, doyen de 1734 à 1736 ; trois jetons avec effigie (nos 70, 71, 72).

Louis Claude BOURDELIN (1736 à 1738), deux jetons (nos 73, 74) ; l'un avec son effigie, l'autre porte pour légende : *Supremœ curiœ Decreto servatœ et auctœ Parisiens. medicorum ordini annuœ pensiones* (2). Allusion à une somme de 50 000 livres allouée par un arrêt du Parlement, 23 mai 1738.

J. B. CHOMEL, doyen de 1738 à 1740 a laissé deux jetons (nos 75, 76) à son effigie.

Elie COL DE VILLARS (1740-1744) a trois jetons (nos 78, 79, 80). L'un nous retrace son effigie ; l'autre (no 80) rappelle la reconstruction de l'amphithéâtre anatomique en 1744, celui que l'on peut voir rue de la Bucherie. Au-dessus de la porte d'entrée on lit en lettres d'or, sur une plaque de marbre noir

---

(1) *Commentaires*, T. XIX p. 950.
(2) *Commentaires* T. XX, p. 370 et suiv.

l'inscription suivante : *Amphitheatrum œtate collapsum œre suo restituerunt medici Parisienses A. R. S. H. MDCCXLIV. M . Elia Col de Vilars decano*. Le jeton représente l'amphithéâtre tel qu'on le voit encore aujourd'hui, et autour est la légende *Ut prosit et ornet*. Au-dessous : *Amphit. medic. Paris. reœdificatum*, 1744. Ce jeton a une grande valeur historique au point de vue de notre ancienne Faculté.

Les jetons de son successeur Guillaume DE L'EPINE, doyen de 1744 à 1746 ne sont pas moins précieux (nᵒˢ 81, 82, 83, 84). L'un nous représente l'intérieur de l'amphithéâtre de la rue de la Bucherie, inauguré par Winslow le 18 février 1745, avec cette légende *Pulchrior exsurgit*.

Un autre jeton rappelle le rétablissement des Cours d'accouchements pour les sages-femmes. On y lit : *Olim datı obstetricib. prof. restit. 17 maii 1745. J. Ex. Bertin. 18 maii J. B. Astruc 14 junii ejusd. a.* (1). *Bibliotheca publici Juris facta die Jovis 3 martis* 1746.

Les jetons de J.-B. Théodore MARTINENCQ (1746-1750) rappellent (nᵒˢ 85, 86, 87) la reconnaissance et l'augmentation de la pharmacopée parisienne : *Recognita iter. et aucta Pharm. Paris.* Ils retracent son effigie avec cette devise : *An inde felicior.*

Hyacinthe Théodore BARON, fils, doyen de 1750 à 1754 a quatre jetons (nᵒˢ 88, 89, 90, 91). Outre son portrait ils rappellent l'approbation des derniers statuts qui ont régi la Faculté : *Sancitis a supremo Senatu confirmatis que Facultatis medicinœ Paris. legibus*, 1751.

Les médailliers de la Faculté contiennent les jetons de leurs successeurs :

J.-B. Louis CHOMEL, doyen de 1754 à 1756, deux jetons (nᵒˢ 92, 93).

---

(1) Corlieu. *L'ancienne Faculté de médcine de Paris*, p. 196.
— *Commentaires*, T. XX, p. 953, 955, 958.

J. A. Boyer, doyen de 1756 à 1760, quatre jetons (n⁰ˢ 94, 95, 96, 97).

Jean Lethieullier, doyen de 1760 à 1762, trois jetons (n⁰ˢ 98, 99, 100).

J. B. Belleteste, doyen de 1762 à 1766, deux jetons (n⁰ˢ 101, 102).

Pierre Berchier, doyen de 1766 à 1768, deux jetons (n⁰ˢ 103, 104).

René Lethieullier, doyen de 1768 à 1774. Ce fut le plus long décanat. La Faculté possède deux jetons de ce doyen (n⁰ˢ 105, 106,) le premier à son effigie. Le second rappelle l'inauguration du cours de chimie par Augustin Roux en 1771. *Chemiæ curs. Institut. 1770. Inaug. M. Aug. Roux 1771.* En exergue on lit : *Electus 1768. Confirm. 1770. Iter. elect. 1772.*

Louis Alleaume (1774-1776) a quatre jetons. Sur le n⁰ 109 est son effigie ; sur le 110 sont ses armes ; sur le 112, un génie qui transporte le bâton d'Esculape vers les Ecoles de Décrets : *Veteres Juris Scholæ medicorum refugium.* La vieille Faculté y sera en sûreté, en attendant un local digne d'elle : *Tuto donec auguste.* Rappelons que le mauvais état des bâtiments, les inondations de la Seine avaient forcé les docteurs régents à abandonner les Ecoles de la rue de la Bucherie et à s'installer provisoirement rue Jean de Beauvais, dans les locaux de l'ancienne École de Droit, transférée où elle existe encore aujourd'hui, place du Panthéon.

Jean Charles Desessarts, doyen de 1776 à 1779 a quatre jetons (n⁰ˢ 113, 114, 115, 116). Un de ses jetons rappelle la pratique de la section des os du pubis : *Sectio symphys. oss. pub. Lucina nova. 1768. Invenit, proposuit 1777, fecit feliciter J. R. Sigault d. m. p. juvit Alph. Leroi. d. m. p.* Sigault, docteur de la Faculté d'Angers en 1773 et de celle de Paris, le 10 octobre 1776, fit cette opération sur la femme Souchot.

Quatre jetons nous représentent l'effigie de Thomas Leva-
cher de la Feutrie, doyen de 1779 à 1780.

Son successeur Joseph Philip (1780-1782) a laissé quatre
jetons (n^os 121, 122, 123, 124). Le n° 124 est en argent, ad-
mirablement conservé et représente la scène d'Alexandre et
de son médecin Philippe, avec cette légende : *ex fide fiducia*.

Sous les n^os 125, 126, 127 sont les jetons d'Etienne Pourfour du Petit, doyen de 1782 à 1784. Ils reproduisent son
effigie.

Charles Henri Sallin, doyen de 1784 à 1788, a reproduit
sur ses jetons son effigie et ses armes, d'azur à 5 besans d'or,
posés 2, 1, 2.

Edme Claude Bourru fut le dernier doyen de la Faculté,
de 1788 à 1792. La collection compte sept jetons à son
effigie (132 à 138). Sur le revers on voit « la Concorde et la
Constance se donnant la main pour vaincre ».


Cette collection, bien qu'incomplète, n'en a pas moins une
grande valeur. Elle nous transmet l'effigie de trente-trois
doyens, depuis Guy Patin (1650) jusqu'à Bourru (1792). Il
serait à souhaiter que ces portraits fussent reproduits par la
gravure, conservés et exposés dans les musées de la Faculté
et de l'Académie de médecine.

La Bibliothèque nationale possède 156 jetons, quelques-uns
en quintuple exemplaire. Par contre, la Faculté en possède
quelques-uns qui manquent à la Bibliothèque. Je termine en
émettant le vœu qu'un échange puisse être fait entre les
deux Administrations, et en cas d'impossibilité réglementaire,
qu'une reproduction galvano-plastique permette de compléter
les collections.

Paris. — Typ. A. PARENT, A. DAVY, succ., imp. de la Faculté de médecine,
52, rue Madame et rue Corneille, 3